KB195282

떠나자
바람부는 언덕으로

| 시인의 말 |

첫눈을 맞이하듯 순수시대로 잠시 시간여행을 떠난다. 동네 어린 꼬마들과 추억 놀이를 하고 밤이면 옥상에 올라가 하나의 별을 세듯 깨알 같은 글들을 달빛에 읊어보고 숫자를 세어가듯 오매불망 고달픔에 시들어가는 부모님의 모습을 그려 갔다. 부모가 되어서야 철부지 소년을 통해 아픔의 시련이 내 부모만큼이나 힘들었겠냐 하는 생각을 해본다. 내가 머물러 성장한 고향의 향수로 그리움을 달래고 부모님의 은혜로 잘 성장할 수 있었다는 것을 뼈저리게 느끼는 지금이다. 글을 쓴다는 것은 나이에 대한 점수를 매기듯 까다롭고 힘든 숙제와 같았고, 시험지와도 같다. 내쉼에 영토에 앉아 성장해 나가는 마음은 언제나 가시방석에 앉은 느낌이다. 삶의 넋두리처럼 끄적이던 글이 어느덧 3집 엮어 시대를 걷고 있다. 외골수인 저는 아직도 중년의 나이를 딛고 저만의 꿈을 달빛에 매달아 소곤거리고 있다. 제 부족한 글이 또 다른 나에게 희망을 안겨주는 힘이었으면 하는 바람이다. 또한, 형제들의 소중한 메시지의 단꿈도 뀌본다. 곱디고운 울 엄마 함박웃음 짓고 하늘 별 되어 사시는 울 엄마 항상 보고 싶습니다.

"아직도 내 가슴속에
어머니가 사시는데
날 더러 어쩌라고"

밤에 건너온 편지
　　[명울] 본문 中에

　암으로 투병 중이신 아버지의 못난 딸을 아름다운 기적
으로 품어 주셔서 감사드린다. 아직도 사춘기 시절을 못
이겨 줄다리기하는 아들의 새 희망이 거듭나길 빌면서 많
은 도움을 주신 모든 분께 깊은 성원의 감사를 드립니다.
서 평해 주신 추암 공석진 교수님, 시평을 해주신 예시원
문학평론가님 밤낮으로 쉬지 않고 시와 늪의 미래를 엮어
가시는 배성근 회장님 외 가족회원 여러분께 감사의 말씀
을 올린다. 나는 흰 눈을 사뿐히 밟고 떠나는 어제의 나
를 돌아보는 시간여행을 하고 싶었는지도 모른다

　　　　　　　　　　2024년을 마감하는 12월 해윤

청암

1부. 꽃길을 걷다 보면

2부. 가을비 내리는 밤

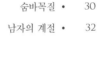

바람 부는 언덕으로

3부. 초연

4부. 공양

5부. 떠나자 바람 부는 언덕으로

김지연 제3 시집 서평 및 평설

죽을 만큼 사랑하다
초연한 눈물 앞
뜨거운 이별
심연의 꽃 진 자리
당신 모습 스며든 눈가에
홀쩍 꺼내놓은 눈물 한 방울
붉은 호수 석양빛으로
숨 가쁘게 반짝인다

김지연 시인의 『길손』 전문

꽃길을 걷다 보면

시골 아침을 맞는다

이른 아침
새들이 지저귀고
시냇물 소리 창문을 두드리며
넓은 대지 위에
한 폭의 수채화를
그려내는 단풍잎
나를 향해 미소 짓는다

거짓 없는 자연 속에
찌든 때마저
초로에 씻겨 영롱하다

몇 채 없는 동네 고샅 초가집
모락모락 피어나는 굴뚝 연기
꼬부랑 할머니 가마솥 불 지피고
장작불 구수한 청국장 올리신다

부뚜막 연기 매운 줄도 모르고

밥 냄새에 눈 비비던 키 작은 아이
타닥타닥 타는 장작 소리
외양간의 소 울음소리 따라
하늘 문 열고
어머니가 날 부르는 날

그녀가 가는 길

늦가을
어스름 그림자 밟고
벗은 산 너머
강 나룻배에 발을 걸쳤다

하얀 등불 따라
귀향을 떠날 모양이다
소란스러운 세상의 미련 접어두고

조바심에 쓸어내린 기억들이
앙상한 추억에 기대어
올라서면
늦은 밤 배의 닻이 올려지고 있다

심금을 울리는 목탁 소리 따라
숱한 흔적들은 사리 되어 남겨지고
흔들리는 나뭇잎 사이로
한 자락 바람이 흘러간다

자화상

너와 마주 서는 밤
여름비가 걸어오고 있었다
열다섯 소년의 몸부림은
허공의 길에서 빗금을 치고
어둠만을 삼키고 있었다
답 없는 갈망의 애절한 꿈은
빗속의 길을 내며 가고 있었다
숨어 있는 밀어 하나 가슴을 열고
쏟아내는 너만의 밤
인연의 끄나풀이 없었더라면
애증의 긴 그림자도 없었을 것을

너라서 아프다

-달에게-

대화 상자를 열어
달빛 난간에 셋방 하나 들었다

비라도 내렸으면 좋으련만
얄팍한 두께에 아픔만 짙어져

가슴을 외면하는
주인 잃은 삶의 그림자
읊어보는 달빛
영롱한 별빛도 동무 되어 말이 없다

밤길 헤맨 고양이 홀연히 다가와
뒤얽힌 하루 사연 들려주고
심장을 향한 날 선 칼끝 아래처럼
손때 묻은 *확독의 고인 물도 처연하다

지나가는 겨울이 떼를 써
몸살을 부르고 있다

휑하니 바람이 스치는 이 밤
고운 너를 베개 삼아

옛이야기 가득 싣고
서리 앉은 터에
내일의 충만한 빛
향기 품으려 너에게 달려가는 맘

너라서 아프고
너라서 그리워
밤새도록 달이 떠 있다

*확독:절구통(옹기믹스기)을 전라도 사투리로 학독이라함

아네모네

사계가 변한 오늘
조그만 사랑이
상처가 고름 될 줄 몰랐다

싸늘해진 바람은
봄을 스치고
허공에 아팠던 기억

하늘 바람 앞 뭉게구름
한들한들 조각구름 되어
그리움이라 적는다

잠기지 않은
문고리의 고인 눈물
흐르는 시간에도 세월은 가고

마르지 않을 만큼 웃을 수 있기에
하늘하늘한 기운으로

수줍은 향기가 되었다

청암

밤에 건너온 편지

너무 어려서 보낸
너의 생각에 잠 못 이뤘다
그 시절
일꾼들 돈을 들고 튄 사내 덕분에
집안 꼴이 말이 아니게 되었다
이쁘다고 돌봐주던 부잣집
양녀로 보내지게 되었지
혼자서 일꾼들 세거리도 바쁜 터라
잘 먹여 주겠지, 잘 키워 주겠지
딸 없는 집안으로 널 보낸 것인데
정신을 차리고 생각해 보니
힘들어도 보내는 게 아니었는데
보내 놓고 얼마 지나지 않아
다시 찾아오려고 애원도 해보았건만
미움이었는지 두려움이었는지
너는 대뜸 나와
아줌마 제가 크면 알아서 찾아갈게요
다시는 찾아오지 마세요

쌩하니 돌아서는 뒷모습을 보고
홍두깨로 얻어맞는 것처럼
뒷걸음질 치는 내 마음도 힘들었단다
어찌 널 잊었을까
그 밤 언니로 착각하시며
글도 아닌 입으로 건너온 편지
한 생의 이별을 고하는 작별 일 줄이야
사랑했다고 한마디 말이라도 전할 것을

하루를 살아 낸 아버지

허허허 껄껄껄
배고픈 웃음 보따리도 비어가고
질통의 한숨도 짤랑거린다

등에 모래가루가 흩어지는데도
아버지는 굽은 허리춤에
가냘픈 밧줄 하나 의지하고서
허공에서 흔들린다

땀으로 적신 아버지 온몸이
아침이슬처럼 빛나고
벗은 목장갑은 눈물로 흥건하다

연장 포대 척 들쳐 매고
"여보게들 대폿집이나 들려서
막걸리 한잔하고 가세나"

털털한 목소리 그 목소리

우리 아버지

*나를 돌아보며

눈을 뜨면 고요히 고개 드는 아침 햇살에 새로운 발걸음으로 단단한 모습, 하나의 빛이 되고 싶다. 글을 쓴다는 것은, 마음을 투명하게 내보여야 된다는 것이다. 글 속에서 바라보는 세상은 선입견과 편견 없는 세상의 수확이다. 그들의 삶을 배려하고 자신을 사랑하는 법을 배우기 위함이고, 여유와 공감대를 이끌어 오늘을 아름답게 바꿀 수 있는 나였음 한다

청암

유랑

하늘을 휘돌아
치맛자락 날리며
무수히 떨어지는 낙엽
가지에 앉은 공허함이
바람 붙들어
유랑을 나서고 있다

혼자라는 외로운 갈등도
끝없이 기다리는 언약도
지독한 그리움이 새겨 놓은
꿈같은 이야기

희미하게 떨어지는 어둠
달빛에 영혼을 담은 세월
숨 가쁜 여정으로 흘러가고 있다

꽃길을 걷다 보면

푸르름에 익어가는 하늘
풀 내음 마주 잡고
피어나는 작은 꽃잎
자줏빛 사랑을 하고
실바람같이 흩어지는 향기
침묵의 영혼을 깨워
무릎 낮춰 그대 이름 부르면
등 토닥이며 쉬지 않고
길 찾아 떠나는 하얀 비행
허공으로 날아오른
잠자리의 날갯짓
오늘도 내일만큼이나 좋을
함께 손을 잡고
함께 속삭이며
마음의 소리 들어
마치 꿈인 양 거니는 꽃길
아아 날 잡고 흔들지 말아 줘요

풀꽃의 이름으로

손 흔들며 날아올까
푸르름 익어가는 들녘
바람이 데려다 놓은
풀 내음 마주 잡고
넉넉한 햇살 아래
영글던 작은 꽃송이
계절의 여정으로
이름 석 자 남겨두고
꽃들의 붉은 옷깃 따라
바람같이도 흘러가
잠시 그리운 마음
살짝 숨어든 아쉬움
아닌 척 모르는 척
눈망울 끔벅이면
낙하하듯
돌멩이들 앞으로 엎드려
툭 하고 떨어지는 고개
풀꽃의 이름으로

흰나비처럼
머리 위 뱅뱅거리다
시 한 구절
가슴속에 베껴놓고
실바람 타고 저 멀리 날아오르네

성암

갈무리

하얀 차를 타고 여행을 떠나는 길
드넓은 초원이었던가!
작은 섬마을이었던가!
기억조차 나지 않는 미로 같은 행선지
몇 날 며칠 밤을 헤아려 첩첩이 쌓인
지리산자락으로 들어서고 말았다
산언덕으로 내려다뵈는 작은 움막은
운치란 놈이 뒤섞여 고실고실
굴뚝 속에서 내뱉는 매운 연기
끈적끈적한 집착들이
미로 같은 세상으로 피어오르고 있다.

무리수를 둔 탓일까!
망각 같은 늪에서
생명체의 고뇌가 꿈과 현실을 교차하며
오랜 침묵으로 버틴 뿌리를 흔들고 있었다

골짜기를 몇 번을 돌았을까!

단풍은 산자락에 기대어 조화를 이루고
고샅에 불던 바람도 한 폭의 풍경을 동공에 놓고
길 멍을 때려 쓸쓸함이 묻어나는 길섶
찬바람에 내몰린 그리움 한 조각
바스락바스락 낙엽 지는 소리에
서리꽃이 먼저 다가올 때쯤
등 떠밀리는 고독한 날갯짓도 쉬어갈까
차라리 먼 길 돌아가야 하는 것일까
아스라이 멀어져 가는 기억들

지금쯤
바다의 숨결은 석양으로 물들고 있겠지!

숨바꼭질

-거울-

빼꼼히 얼굴 내밀다 숨는 영혼
등덜미를 내내 주시하고 있다

조명처럼 비추는 풍등 아래
침묵으로 숙연해지는 저녁기도
골(骨) 타고 들어오는 스산한 기운이
얼어붙은 것들로 처마 밑
고드름의 칼춤 사위가 예사롭지 않다

슬그머니 여인이 다가오더니
"나 좀 여기서 꺼내 줄 수 있겠어" 묻는데
미물인지 영물인지 이게 보이는 게
다 인지 요란한 눈동자

얼어붙은 몸이 돌처럼 말을 듣지 않는다
죄 없이 떨리는 손 모으는데
불덩이를 얹은 귓가에

까닭 없이 종소리처럼 윙윙 울음 운다

비늘같이 아릿한 통증
매듭 풀어 다리를 잇고
어느새 술법을 익혔는지
연기처럼 허공으로 흩뿌려져 갔다

길 잃은 나를 투영시켜 비친 걸까
파랗게 질린 표정이 거울에 걸려
새벽이 저만큼 걸어오고 있다

소원 탑 돌아 집에 가는 길
한 걸음 두 걸음 하얀 꼬까신을 신었는데
환영처럼
어젯밤, 그 여인이 내 앞에 서 있다

남자의 계절

햇살에 매달려 있는 푸른 이파리의 꿈
돌담길 돌아
계절과 동화된 질감을 안고
서녘으로 기울고 있다

소슬바람 부는 언덕,
새는 날아가고
배웅하는 언덕의 손바닥은
굳은살과 지문이 어지럽게 얽혀있다

붉었던 마음도 이내 닳아지고
기억들. 내가 보내고
당신이 떠난 그 자리에
하나둘 계절만 순환하고 있었다

낙엽은 늙은 햇살의 여운을 닮아
하루종일 양달 드는 뜨락을 보듬고
달은 여전히

창백하고 음습한 안색으로 외면하고 있다

어찌 살라고

흔적만 남겨두고 가는지, 내가 남았는지
당신이 떠나간 것인지

가을의 바짓단만 움켜쥐고
헐렁해진 재봉선을 수선해 본다

청안

| 2부 |

가을비 내리는 밤

은행 이파리 따라

문을 나서면
가을과 겨울 사이
계절을 오가는 통로에서
장관을 이루는 은행나무가
옛 추억을 열고 서 있다

창공을 맞이하듯 여유로움에
더듬어 보는 세월의 흔적
샛노란 나뭇잎 고르며
책마다 끼워 말리던 이파리
익어가던 살가운 웃음도

나무에 피어오르는 땀방울
손에 달라붙은 거미줄
곤충들의 움직임에 놀라던
어제의 기억을 우리는 알고 있다

계절 탓인지

은행 이파리의 생명선이 줄고 있다

청암

이별하던 날

가난이 우리를 등 떠밀던 남루한 시절
연분홍 꽃, 천지 다 내려놓던 봄

은은한 향 참꽃 입에 물고
치맛자락 붙드는 어린눈 샘에 걸렸다

머 언 시간
오 형제 집 막내딸로 입양 가던 날

내 가슴에 가시가 되어
한숨을 덮어 지나는 하룻밤의 침묵

햇살처럼 행복을 꿈꾸던 기억의 저편
꽃다발은 흐트러진 채

산 너머 신작로에 날아든 손
기약 없이 맞잡는 언니와의 이별

지금은 어느 하늘 아래
나처럼,

낡고 무디어진 마른 울음으로
이불을 뒤척이듯 밤을 뒤척이고 있을까

꿈꾸는 방

아카시아 향기 매달린 밤하늘
별 하나 붙들어 교차하는 시간
고요는 심장 너머 바람 따라 흐른다

잊힐 것 같은 그 날의 이유
각색의 무늬 달고
무표정한 얼굴 그림자 걸어
작게 피어나는 신음 소리

만개하는 꽃망울처럼
간절히 소망하는 몸짓
별빛같이 반짝이는 눈망울
가느다란 허리 굽혀
꽃 볼 만지며 지나가는 어린 눈

달빛, 무심히 지나는 밤
꿈꾸는 작은 방
너만을 위한 우주 만들어

세상의 방패가 되어 줄 공간
기억의 창. 알토란 같은 사연

세월의 강

처마 끝 떨어지는 낙수로
빈 잔에 갈망을 채워도
보이지 않는 게 세월이라
검버섯 붙들고 있던 삶이
무채색으로 사랑도 흘러
각혈처럼 떨어져 시들어 가는 바람
땅거미와 같이 기울고 있다

스산한 바람 소리
한 움큼 쌓여 지는 갈잎도
풍경 소리 따라 흩어지고
베갯잇 적시던 속앓이
꽈리 트는 한 줄 마음을 비워
흔적을 지워가는 것인지
애잔하게 아려오는 텅 빈 가슴
몇 개 남지 않은 기억들이
세월의 강 너머 뭇별로 흐르고 있다

길손

죽을 만큼 사랑하다
초연한 눈물 앞
뜨거운 이별
심연의 꽃 진 자리
당신 모습 스며든 눈가에
훌쩍 꺼내놓은 눈물 한 방울
붉은 호수 석양빛으로
숨 가쁘게 반짝인다

김장 담는 날

소금물에 절인 배추가
인생 포기하고 널 부려져
숨 죽어 넘어가고 있다

콩이야 메주야
수런대는 아낙네들의 웃음소리
바다의 향 머금고
한나절 소쿠리 안에서
척척 눈빛 타기에 나섰다

철벅철벅 치대는 김장 김치
고춧가루로 버무린 온갖 양념들
속 고쟁이 나올세라 옆구리 치기
쓱쓱 붉은 옷 입혀지니
목 빼고 기다리는 수육 한 접시

오늘은
온 동네 아줌씨들
설설 버무린 김치에

밥 짓는 저녁연기가 구수하다

청암

불씨

한풍같이 시린 가슴
땅거미와 같이 기울고 있다
고단한 시간이었을까
백지장처럼 하 해진 머리
공허함은 온종일 술래로 나섰다
유리잔처럼 깨어지는 언약의
떠도는 영혼
그러니까 왜 그랬어
달빛에 기대어 서성이는 그림자
녹슨 철탑에 걸쳐진 바람 소리처럼
웅웅 울음 울다
하늘은 나를 잊었구나
애잔한 눈빛마저 사라졌구나
어쩐다냐
삶아지는 눈동자에 고독을 열어
사유 속 몸살을 앓고 말았지
늘어진 권태기를 토해
하얗게 쏟아낸 심장

공염불 타닥타닥 읊는 날
시리도록 저미던 밤같이
공중에 씨앗 하나 던졌을까
밤하늘 사혈처럼 불꽃이 피었다

청암

그 남자의 풍경

뒤안길 편백나무 숲 아래
꽃봉오리에 고독히 맺힌
당신의 어깨가 보였습니다

능선을 넘나들며 이내 닳아지는
혼자만의 외로운 시절
손끝에 봄은 꺾이지 않는 영혼
흔들려도 흔들리지 않는 나무처럼

봄볕 드리워진 얼굴에 하얀 꽃 피우고
온유한 텃밭에 부는 바람 소리도
정겨운 새 우는소리도 청아한 지금

언덕으로 숨 고르며 아침을 마시는 당신
봄볕 드리워진 얼굴에 붉은 꽃 피워

간절했던 세월, 무심히 흘려버린 한숨
흙내음에 젖은 옷가지들
바람에 걸쳐 향기처럼 날아듭니다

흙으로 빚어진 대가였던가요
숭숭 뚫린 창호지처럼 구멍 난 양말
꿰맬 시간도 없이 달려온 인생
늙어가는 뼈마디 부여잡고

혼자만의 안식처가 되어버린 밭은
오롯이 자식들을 위한 기름진 땅
한줌 한줌 묻는 씨앗들의 가짓수만큼
나이 수를 세어가듯 따라오는 환희

"내일은 무엇을 심을꼬
우리 손주 좋아하는 열매를 키워볼까
딸들 좋아하는 나물들이나 심어볼까
아들은 상추를 좋아하는데
조금씩 나눠 심어야겠군
그래야 골고루 나누어 가지지

당신의 따뜻한 기운
은은한 빗소리처럼 심장에 스며

완연한 봄 속 파란 이파리에 걸렸다

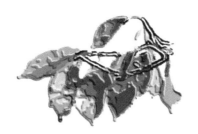

흔적을 밟고 있다

몇 해가 지난 줄 모른다
가슴 두드리는 옛 얘기가
어린아이 웃음처럼
귓가를 맴돌며 서 있다

달려간다고 달려질까
잊혀진 들 잊었다 할 수 있을까
지독한 미련에 밤잠 흔들고
허무한 마음 사색 되어 흐르는 밤

그때 너는 상처였고
그 시절 나는 진심이었다
낙서란에 끼워진 몽당연필
아득히 먼 기억 지키고 있다

단지 난,
그곳에 한 줌의 삶을 두고 온 것이다

장미의 정원

햇살의 여운을 닮아가는지
바람을 감아 도는 나비 한 마리
각양각색의 꽃 덤불 속에서
웃는 듯 속삭이는 듯
마음의 등불을 켜고 있다
미지의 손을 흔들며
붉은 얼굴 마주 보며 사위를 찍고
쓰다듬는 기타 연주
옛 생각 되뇌는 가슴의 소리
음률 더듬어 읽어가는 콧노래
바람에 스며드는 향기 맞으며
주저앉고 싶어지는 장미의 정원
그들의 이야기가 솜사탕처럼 달다
하늘 향해 치솟는 물줄기 따라
그대 그림자를 호수에 얹어 놓고
꽃향기만 데리고 돌아오는 길
도시의 숲을 지나 섬진강을 따라
고갯마루에 걸린 웃음소리들 푸른 밤

새 소리 풀벌레 소리에 귀를 열고
밤하늘 꿈꾸는 소리 달빛 핥아가고
앞마당 익어가는 붉은 꽃잎은
뜰 안으로 빗소리처럼 날리는데

가을비 내리는 밤

어둠이 쌓이는 골목에
차갑게 떨어지는 빗방울이

기울어진 심장이
유리창에 기대고 있다

수많은 생각
빗물 되어 구르는 여정

가로등에 매달려
별처럼 반짝이고 있다

비바람 짙어지고
품에 안겨 울던 눈망울

가슴은 무너지는데
또 어느 재를 넘나드는지

가을비 내리는 밤
붉게 젖는 이파리 하나

청암

| 3부 |

초연

안녕 그리운 그대

스산한 바람 불어오면
후회로 밀려오는 슬픔
피우지 못할 인연에
눈물방울로 안녕이라 말합니다

손 닿을 듯
침묵으로 마주하는 그리움
긴 어둠 속에서
붉게 물들이는 옷자락

멀어서 못 만나는 허무함
불러보는 그 이름들
별빛 같았던 사랑도
텅 빈 가슴으로 떨어져 내립니다

야속한 그대님
어디에서 반짝이고 있나요

반항

앞마당 덩굴장미
휘는 허리 눈시울 붉히는가
빗방울의 무게 가눌 길 없어라

빗물 젖어 구르는 낙엽
움푹 파인 흙더미 보듬고
잿빛으로 잘려 나가는가

창백한 얼굴
아픈 맘 아는지 모르는지
내 창가에도 덜컹덜컹
발길질로 주르륵 흘러내린다

눈물 꽃

봄꽃도 지는 자리
낙하한 꽃잎에
꽃다지처럼 발돋움하고
향기는 내 안에 머물다
그 여느 때처럼 떠나간다.

아련히 외쳐보는 이름
그립다는 말을 전할까

꽃샘추위 불어 넣으면
퉁퉁불은 눈가에 그대 모습
실루엣처럼 서성이다
고향의 봄처럼 그리워지겠지

상처

스산한 바람 불어오면
애틋한 마음 시린 듯
넋두리로 온정 쏟은 마음

눈물 떨구어 낙엽에 세기면
목말라 갈구하던 외로움
새빨간 유혹처럼 웅크리고 앉아

임 기다리는 아쉬움처럼
삶의 고독과 악수를 하겠지
어둠의 그림자도 헤매는 시간

여운처럼 밀려오는 기억들
이토록 오랫동안
가슴을 후려칠 줄이야!

떠나자

떠나자 바람 부는 언덕으로
언제나 그랬듯
솔 향기 맡던 그 날로

파란 하늘 비벼대는
가슴
그 언저리에
네가 있고 내가 있는 곳

중바위 틈에 네가 숨어
술래잡기 나선 꿈의 터전
바람도 햇살도 좋은 날

큰 나무 그늘 아래
바람과 춤을 추고
우산 펼쳐 얼굴 가리던
어제로 떠나자

님 생각

가지 끝 잎새에 이는 향기
슬픔의 무게를 아는지

매달려 가는 것들의 아침
연분홍 이파리 따라
그대 숨결도 유랑을 나서네

봄 닮은 순수 시절
그대 숨 쉬던 그 날처럼
바람인 듯 맴돌다 가겠지

문득 님 생각에
방울방울 고이는 고독

한 계절 끝자리
소박한 약속은
이방인의 눈물 되어
긴잠 흔들고 가는데

열정

사랑은 꿈같이
바람 붙들어 살랑거리고
봄볕 그을린 양귀비꽃
간절히 타오르는 불꽃 같아

길고 느린 호흡
붉은 물결에 갇혀 수줍게 웃고
이파리에 앉아보는 나비
꽃처럼 곱게 눈을 뜨네

까딱하지 않을 구름이고
타오르는 아지랑이같이
물결치는 꽃송이
꽃내음 가득 싣고

바람에 비껴가는 순정
숨죽인 고요가 나를 부르는데

시선을 떨구며

마른 이파리 떨구는가!
흑백논리 정하는지
끌어당기는 계절 탓인지
속내를 알 수 없어
하염없이 서성이는 발자국
갈라진 나무 틈 사이로
바람은 속수무책 대들고

앙상한 몸짓
마음의 충동 들어서고
머릿속 오만가지의 생각들
바라보는 시선 속
늘어진 내 작은 어깨
하얀 여백 마주하는 밤
기억 저편 나는 어디에 있나!

초연

안개는 이런저런 이유로
산허리를 감고 따라다닌다

새들이 맞아주는 산길
세월의 깊이 따라
거친 숨소리 마른 가슴 안고
연줄 당기듯 달궈 내는 몸
옷 벗은 나무 전신을 스친다

변해가는 얼굴 탓인지
늘어진 가지, 무게 가누며
눈짓하며 떨어지는 붉은 여명
살아도 죽은 듯 잎이 지고
죽은 듯 살아도 꽃은 피어
길게 드러누운 길섶에
빗장 걸고 잠든 밤

초연한 눈물로

태초의 마법 같은 손 놓아주었다

청암

너에게

바람 따라 떠도는 너를
잡아주지 못한 아쉬움에
내내 가슴 아파하겠지
얼마 안 남을 기억이라고
퉁명스러운 얘기를 나누다가도

밀쳐보고 떨쳐보는 가슴
서러운 생각, 미운 마음은
시린 밤하늘 애증만 깊어

모진 기억이 흩어질 때면
기억에 없는 너의 모습
쿵쾅쿵쾅 뜀뛰는 갈망도
바람에 등 떠밀 듯 가고 있겠지

나는 너에게
하고픈 말, 별을 향해 쏘고 있어

계절에 머물러

자취를 감춘 가을빛 단풍나무
등불 아래 서걱서걱
마른 잎을 떨구어 놓았다
실바람은 창가로 다가와
한 이파리 두 이파리
세상 구경 다 하고
가을빛으로 마주 보고 서 있다

심술을 부렸을까!
바람 머물다 간 들녘에
피어오르는 굴뚝 연기처럼
옛 생각
살그머니 엿 보고 있다
야속함에 빗장을 걸어
물컹한 심장 멍 꽃 피워도
올곧게 걸어야만 했던 날들

마음의 무게 가누는 지금
하얀 웃음 줄줄이 늘어가고 있다

단상에 오른 그해

그해 겨울
언덕으로 늘어진 저녁 노을빛
울타리를 넘나드는 추위가 섧다

갓난아이를 업고 휘는 허리
군불을 지필 모양인지
바스락바스락 달그락달그락
시장 나간 봇짐이
나뭇가지들처럼 널브러져 있다

정지로 피어나는 매운 연기
콜록콜록 만지작만지작
팔다 남은 빵에 떼지 않는 눈
오물오물 입으로 구르는 단맛
풀빵에 얄궂은 바람이 스며
눈으로 군침만 삼키는 중이다

타닥타닥 애끓는 아궁이

불길 속 기지개 켜는 고단함도
솥단지 안 밥풀 꽃이 반짝인다

구수한 갈치 조림이
자박자박 익어가는 저녁

엄마 다음에도 맛난 거 해줄 거지?
엄마 엄-마

성암

| 4부 |

공양

가을날의 회상

어슬렁대는 가을바람
돌담길 성전 둘러
굽이굽이 오르는 산길
붉은 단풍 눈 홀리고
깊어지는 굴곡에
떨어지는 빛깔들은
온기도 없는 자갈에
열기로 색을 입혀 주었다
조르는 지난 꿈들
가슴에 다가오는 익숙한 손
두 눈 반짝이는 세상
은빛 가득 채운 들판에
풀벌레 졸음 우는 소리

나그네

그리움이
허망을 짊어진 체
바람에 실려 간다

생각이 바닥을 훑고
지워져 가는
이름 석 자

홀로 된다는 것 2

바람은 밤을 마시고
깜빡이는 저녁 불빛
모퉁이 가로등 하나
홀로 외로이 서 있네

피부에 스며드는 숨결
차가운 땅을 딛고
그대 사랑 끝자락
수 마일 가로질러

밤하늘 정적 속으로
가슴 뛰는 심장

당신의 말을 읽어
밤하늘 하얗게 매달린
달빛마저 애달 퍼라
별빛 모아 불을 밝혀

길을 걸으며 맞는
그리움의 씨앗이었네
서글픈 추억에 젖은 나
가슴 한편 쓸쓸함만 몰려와

별이 빛나는 시간
홀로 외로이 서성이네

그대 떠나는 날

하늘은 푸르고
낙엽은 지는데
그대 떠난 뒷모습
긴 그림자로 눕고
세월 흐른 뒤에
잊힌 줄 알았고
그대 마음의
상처인 줄 알았지

애타는 마음이
너무도 쓸쓸해
돌아올 기약 없이
홀로 떠나면
그만인 줄 알았지
혼자만의 기억으로
이젠 알겠어
한 줌의 온기라는 걸

산책길

구름이고 가는 길가에
울긋불긋 코스모스 피워낸다
영글어가는 지상의 모든 것
하늘은 맑아 입가에 웃음꽃 피워
들꽃에 고개 숙인 사람들
흐르는 강물 베고
드러눕는 수풀들
바스락바스락 멍석 깔아 놓고
이내 가버릴 가을을
애잔하게 바라보는 하늘가에
덧없이 흘러가는 외로움이여

청암

미련

싸늘한 바람이 스쳐와
너의 이름 불러도
가슴에 맺힌 사랑
잊을 길 없는 아련한 사랑
휘돌아 떠나는 마음
상처는 깊어
우리의 사연은 멀어
깊어질 수 없는데
가고 없는 사랑아
기나긴 외로운 밤
이제 홀로 어딜 가나
아 나의 서글픈 사람아

선인장

떨어지는 빗물에
먼지 닦는가 싶더니
한 걸음 두 걸음
세상의 이치 탓인지
가시에 색동 옷 입었다

옛 생각

언덕에 오르면
햇살 아래 피어나는
하얀 얼굴
살며시 돌아보는
뒷동산 오솔길 따라
거니는 발걸음
네 앞에 서면
괜스레 아파도 했지
흔적 남길까 봐
그리운 그 시절
조그만 꽃잎 마주 보던
어린 내가 있었지
여린 가지 꺾어
가시에 찢기는 줄 모르고
깔깔대던 아이
발밑 빨간 뱀딸기
오도독 터지는 줄 몰랐지
밤새 옛일 생각이나

엄마 모습

대 두 돌에 얹어진 털신 한 켤레
눈발을 맞서며 걷던 차가운 발
무슨 연유로 돌아오셨을까!
시린 발이 아랫목에 누운 신음
안개처럼 피어오른다

솜이불이 파르르 떨고 있다
몸살을 앓고 계시나 보다
이마로 올라간 고사리 같은 손
한참을 바라보다 울먹이던 아이
"아프지 마 엄마 엄마"
옹알이하듯 하얀 밤을 꾸벅이다.
볏단처럼 널브러져 잠든 밤

신작로에
삶의 무게만큼 깊어진 발자국이
밤새 내린 눈에 하얗게 덮혀져 있다

낙하의 밤

조용한 밤 냉기 품고
창가에 흐르는 빗물
귀로에 선 심장이
투명한 유리창으로
조각을 내며 서 있다

분주한 발걸음
흐느끼는 여정 훑고
파도처럼 밀려가는 세월아
어쩌자고 지름길만 내고
허공에서 반짝이고 있는가

공양

군불 냄새 그리워지는 날
언제부터였던가
가마솥 구수한 밥 냄새
올망졸망 눈 바라보며
양은 냄비에 숟가락 얹어
불 숯처럼 피어나는 얘기
시커멓게 그을린 콧잔등
깔깔깔 웃던 추억으로
스님의 장작 패는 소리
잠시 행복한 귀 열던 날
추억을 쪼갠 탓인지
그날이 점점 멀어져간다

여명

밝아오는 여명아래
몽환의 휴식처
무리 짓는 철새는
자연의 섭리를 아는지
상생의 눌을 정하고
햇살의 일상을 열어
찬란한 지평 위로 나는
구름 없는 하늘이여

청삼

낙동강 전투

-이름 없는 메아리-

검은 하늘 움켜쥔 채
붉은 심장의 메아리
호명되어 떨어진 얼굴
깃발처럼 나부끼어
허공을 더듬는데
펄럭이며 흔들던 고향의 그리움
피 묻은 태극기의 기억들이
온 누리 샛별로 피었네

태백으로 가는 길

이른 아침
차창 밖 풍경들이
습자지에 얹은 듯
성애가 내려앉았다

풍경 사이로 안개가
산허리 휘감아
머리를 내미는 봉우리
주름진 세월 같은 저 풍경들

샛노랗게 질리다 못해
끈질기게 날을 세운
짙붉은 이파리들
속살거림이 하나둘
숙연하게 떨어지는 잎새마다
아침 이슬로
세상 먼지 씻기고 있다

휭 돌아가 버린 전신주
조잘대며 놀던 새들은 어데 가고
빈 허공만을 받치고 서 있다

논과 밭 사이 찢긴 가슴처럼
펄럭이는 비닐하우스
바람의 재채기로 펄럭이고 있다

넋 대처럼 깜빡이는 가로등
기다림은 지쳐 않는 슬픔이
태백 하늘 외로움을 마시며 서 있다

서평 및 평설

김지연 제3 시집

슬픔을 승화시킨 시인, 김지연

'아! 이렇게 웅장한 산도 이렇게 큰 눈물샘을 안고 있다는 것을 이제야 알았습니다' 정채봉 시인의 시처럼 누구나 백두산의 천지 같은 눈물샘 하나씩은 안고 살아가기 마련이다. 슬픔 없는 사람은 없는 것이다. 그러나 시인은 원초적 슬픔을 안고서, 오히려 그 뿌리 깊은 슬픔조차 희망으로 재발견한다는데 큰 의의(意義)를 부여할 수 있다. 김지연 시인의 시의 근원은 슬픔이다. 부재와 결핍으로 상징하는 이별을 풀어내는 그녀의 슬픔 해결 방식은 과잉으로 흐르지 않고, 침묵 같은 조심스러운 절제에 있다. 그녀는 시집의 처음과 마지막까지 이 부분을 놓치지 않고 있다.

'(상략) // 산 너머 신작로에 날아든 손 / 기약 없이 맞잡는 언니와의 이별 // 지금은 어느 하늘 아래 / 나처럼 // 낡고 무디어진 마른 울음으로 / 이불을 뒤척이듯 밤을 뒤척이고 있을까' 시 '이별하던 날'은 위에서 언급한 심상(心象)이 그대로 드러나고 있다. 감당할 수 없는 슬픔조차 울음이 마른 것으로 표현함으로써 극한의 슬픔을 대변

하고 있으며, 단지 이불을 뒤척이는 것으로서 최소한의 슬픔으로 제어하면서 감정의 과잉을 지양하는 시의 본질에 충실히 하고 있다. 이런 점은 시집에 상재된 작품 곳곳에 흐르고 있다.

'죽을 만큼 사랑하다 / 초연한 눈물 앞 / 뜨거운 이별 / 심연의 꽃 진 자리 / 당신 모습 스며든 눈가에 / 훌쩍 꺼내놓은 눈물 한 방울 / 붉은 호수 석양빛으로 / 숨 가쁘게 반짝인다' 시 '길손'은 그녀가 부재(不在)와 실재(實在) 사이에서 끊임없이 갈등하고 있다는 것을 알 수 있다. 그러면서도 시인은 생의 전반에서 회자정리(會者定離)라는 끊임없는 이별을 경험하면서 휴먼(Human)의 부재와 실재 사이에서 슬픔의 생을 견뎌내고 있으며, 고심의 흔적이 역력한 그녀의 언어적 조각들은 한 문장 한 문장 아름다운 시로 승화시키고 있는 것이다.

필자는 그녀가 그동안 출간한 두 편의 시집에서는 '부재'에서 유발된 슬픔의 트라우마에서 한 치도 벗어나지 못했음을 안타까워했으나, 부재의 고통에서 벗어나 비록 언젠가는 소멸한 빛이라고 해도 향후 그녀의 시 세계는 숨 가쁘게 반짝이는 석양처럼 유의미한 '존재'라는 소중한 실재를 그려낼 것으로 믿어 의심치 않는다. 누구보다도 그녀에게는 세상을 바라보는 따뜻한 시선이 견고하게 자리잡고 있음으로써 필자의 확신을 뒷받침하고 있다.

또한, 가시밭길과도 같은 그녀의 생은 그 고통스러운 흔적을 거부하지 않고 스스로 복기(復棋)와도 같이 밟아 가는 것으로 진심 어린 문장을 낳고 있다. 이건 철저하게 진솔함의 결과이다. 자신의 생을 위협했던 모든 대상을 바라보는 진솔함이고, 용서와 같은 자신의 심상 앞에서의 진솔함이다. 시에서는 일인칭의 고백을 마치 삼인칭의 고백으로 덤덤하게 그려내는 것처럼 진솔함에 진심을 다하고 있다. 필자는 그녀의 세 번째 시집이 진솔함의 진경(眞境)으로 첫 발자국을 밟음으로써 오래된 슬픔, 그리고 현재 진행 중인 슬픔을 정면으로 바라보고 극복하는 것으로 간주하고 있다.

'떠나자 바람 부는 언덕으로 / 언제나 그랬듯 / 솔향기 맡던 그날로 // (중략) // 큰 나무 그늘 아래 / 바람과 춤을 추고 / 우산 펼쳐 얼굴 가리던 / 어제로 떠나자' 라고 쓴 그녀의 시 '떠나자'에서처럼 긍정적이고 적극적으로 잊고 싶은 과거로 떠날 수 있는 시인의 용기에 필자는 큰 박수와 응원을 보내지 않을 수 없다. 이는 가혹한 그녀 자신의 인생과 시 세계에서 두려움이나 나약함을 극복하기 위해 강력한 긍정을 전제로 하는 니체의 '위버멘쉬 (Übermensch)' 초인 정신이 시인으로서 그녀의 정신을 지배할 것으로 믿고 있기 때문이다.

시인 공석진

김지연 시집
〈떠나자 바람 부는 언덕으로〉 평설

-짙은 그리움의 바다, 사이렌(The Sirens)의 유혹-

■ 들어가며

시의 세계는 꿈꾸는 자만 들어올 수 있는 환상의 유토피아 세계이다. 그래서 시토피아라고도 부른다. 바람 속으로 들어가고 싶은 마음의 갈등과 유혹의 저편엔 자신의 뜨거운 욕망과 애절함이 함께 공존하기 마련이다. 그만큼 순수하다는 의미일 수 있겠지만 한편으론 음탕한 말괄량이 아가씨의 마음도 함께 가지고 있다는 것이다.

김지연 시인의 시 세계는 순수하지만 순백의 어린아이들처럼 동심의 세계일 수는 없는 것이 지금의 성인이 될 때까지 지극히 현실에 두 발을 딛고 살아오면서 많은 일을 경험하며 채울 수 없는 욕망과 이어진 슬픔에 결핍과 허기가 중첩되어 왔기 때문이다. 그것은 그녀의 시 한편 한편에서 절절히 묻어나고 있기에 충분히 알 수 있다.

그녀의 시는 온통 하얗다. 온 세상이 하얗다. 머릿속도 하얗기에 어쩌면 가장 편안한 순간이기도 하다. 짙은 그리움의 끝엔 오히려 자유로움과 편안함이 오게 된다. 자작나무 숲이 있는 핀란드를 가지 않아도 휘바 휘바 휘파람 소리가 난다. 그것은 바람의 소리이고 마음의 소리다. 김지연 시인은 잘 익은 중년 시인이다.

중년의 향기는 잘 익은 석류 같기도 하지만 잘 익은 홍어처럼 탁 쏘기도 한다. 바람에 날려가지 않으려 몸부림치다 그 자리에 주저앉아버린 여자, 한 치 앞도 나아가지 못한 채 덩덕개처럼 제자리만 맴돌며 슬픔을 곱씹는 그녀의 이름은 중년이다. 그렇게 그녀는 다시 한 번 바람 불기만 기다리며 바람 부는 언덕으로 달려가고 싶다. 그녀의 시세계 속으로 함께 들어가 본다.

장미의 정원
햇살의 여운을 닮아 가는지
바람을 감아 도는 나비 한 마리
각양각색의 꽃 덤풀 속에서
웃는 듯 속삭이는 듯
마음의 등불을 켜고 있다
미지의 손 흔들며
붉은 얼굴 마주 보며 사위를 찍고
쓰다듬는 기타 연주
옛 생각 되뇌는 가슴의 소리
음률 더듬어 읽어가는 콧노래

바람에 스며 도는 향기 맞으며
주저앉고 싶어지는 장미의 정원
그들의 이야기가 솜사탕처럼 달다
하늘 향해 치솟는 물줄기
그대 그림자 호수에 얹어 놓고
꽃향기만 데리고 돌아오는 길
도시의 숲을 지나 섬진강
고갯마루에 걸린 웃음소리들 푸른 밤
새 소리 풀벌레 소리에 귀를 열고
밤하늘 꿈꾸는 소리 달빛 핥아가고
앞마당 익어가는 붉은 꽃잎은
뜰 안으로 빗소리처럼 날리는데

                    —김지연 시인 〈장미의 정원〉 전문

　　오월의 장미는 시월에도 다시 피지만 한번 간 젊음은
다시 오진 않는다. 인적 없는 공원엔 꽃향기만 남아 있고
술패랭이꽃은 다시 피지 않는다. 다만 시인의 작품에선
장미의 정원에서 가져온 아름다운 향기가 있을 뿐이다.
여기서 시인은 독자와의 관계성에서 장미라는 꽃에 대한
기시감을 보여주며 정원에 대한 원근감을 표현하며 관계
속에 형성된 실타래를 풀어내고 있다.
　　혼자만의 여행에서 독자와의 심리적인 밀당을 하며 시

인은 결코 혼자가 아닌 자신의 위치가 동굴 속에 갇혀있거나 광야에 노출된 상태가 아님을 드러내고 있다. 가시돋친 붉은 장미는 치명적인 팜므파탈의 속성을 가진 아름다운 꽃이다. 시인은 작품 속에서 결코 시간의 그물 속에 갇혀있지 않고 솜사탕처럼 달콤하고 꿈결 같은 여행을 즐기며 섬진강의 풍경에 취해있다.

고갯마루에 걸린 웃음소리들이 푸른 밤새 소리 풀벌레 소리에 귀를 열면 어느새 불그레미 저녁놀의 살결이 그리워진다. 앞마당 익어가는 붉은 꽃잎이 뜰 안으로 빗소리처럼 날리는 시간엔 마음의 님 마중이 슬그머니 떠오르고 외로움에 발싸심하며 마중물을 퍼고 있다. 달그리매나 보면서 늘퍼지게 기다릴 순 없는 꽃중년 시인은 누군가와 붉은 가시꽃 지거들랑 너영나영 만나고 싶은 마음이 간절해진다.

그 붉은 마음은 '미지의 손 흔들며/붉은 얼굴 마주 보며 사위를 찍고/쓰다듬는 기타 연주/옛 생각 되뇌는 가슴의 소리'에서 은근히 드러내고 있다. '그대 그림자 호수에 얹어 놓고/꽃향기만 데리고 돌아오는 길'은 잔잔한 한숨과 아쉬움이다. 장미의 농원에서 붉은 향기에 취하고 그 가시에 찔리더라도 그 시간이 좀 더 길었으면 하는 간절한 마음이기도 하다.

처마 끝 떨어지는 낙수로
빈 잔에 갈망을 채워도
보이지 않는 게 세월이라
검버섯을 붙들고 있던 삶이
무채색으로 사랑도 흘러
각혈처럼 떨어져 시들어 가는 바람
땅거미와 같이 기울고 있다
스산한 바람 소리
한 움큼 쌓여 지는 갈잎도
풍경 소리 따라 흩어지고
베갯잇 적시던 속앓이
꽈리 트는 한 줄 마음을 비워
흔적을 지워가는 것인지
애잔하게 아려오는 텅 빈 가슴
몇 개 남지 않은 기억들이
세월의 강 너머 뭇별로 흐르고 있다

－김지연 시인 〈세월의 강〉 전문

　시 창작에서 전개되는 장소도 삶의 과정에서 매우 중요
한 요소가 되는데 시인은 특별한 장소와 일반적인 곳의
배치와 어울림을 잘 묘사하고 있으며 정지된 곳과 활동적
인 사물들의 위치 선정도 조화롭게 만들어내고 있다. 여

기서 '처마 끝 떨어지는 낙수'를 보며 '세월의 강'을 떠올리고 지나간 시간의 흔적을 시로 노래하고 있다.

'각혈처럼 떨어져 시들어 가는 바람 / 땅거미와 같이 기울고 있다'는 것도 부질없는 지나간 시간의 애상을 지우고 싶다는 마음의 몸짓이다. 그럼에도 불구하고 떠오르는 번뇌와 상념의 잔해들을 '몇 개 남지 않은 기억들이 / 세월의 강 너머 뭇별로 흐르고 있다'에서 마무리 지으며 시인은 이제 자유로워지고 싶다는 의지를 표현하고 있다.

'검버섯을 붙들고 있던 삶'과 '베갯잇 적시던 속앓이'는 세월의 강에 흘려보내고 싶은 두 사랑의 기억이 남아 있는 번민의 시간을 보내고 있었음이다. 자연에서도 이내 지고 말 것을 타는 속울음이 너무 뜨거워 몸부림치던 그 정염의 몸짓을 붉은 꽃들은 그렇게 하고 있는데 인간의 기억의 편린은 잘 지워지지 않는 게 어쩌면 당연한 일일 수 있다.

'무채색'이던 사랑의 흔적도 애써 지우려고 하다 보면 오히려 그 색감이 진하게 떠오를 수 있는데 김지연 시인은 이제 담담히 내려놓고 있는 중이다. '갈잎'은 이제 곧 온통 휘날리거나 바스러질 기억의 편린일 뿐이다. '베갯잇 적시던 속앓이'는 야속한 임과 자유롭고 싶은 마음의 갈등일 수 있는데 시인은 이제 스스로 마음을 정리하고 있는 중이라고 할 수 있다.

마음의 갈등이 안정되지 못한 채 어지럽게 흩어져 있다면 카오스(chaos)의 혼돈도 느껴질 수 있겠지만 김지연 시인은 이미 원래의 자리로 돌아와 있음을 작품을 통해 알 수 있다.

안개는 이런저런 이유로
산허리를 감고 따라다닌다
새들이 맞아주는 산길
세월의 깊이 따라
거친 숨소리 마른 가슴 안고
연줄 당기듯 달궈 내는 몸
옷 벗은 나무 전신을 스친다
변해가는 얼굴 탓인지
늘어진 가지, 무게 가누며
눈짓하며 떨어지는 붉은 여명
살아도 죽은 듯 잎이 지고
죽은 듯 살아도 꽃은 피어
길게 드러누운 길섶에
빗장 걸고 잠든 밤
초연한 눈물로
태초의 마법 같은 손 놓아주었다

－김지연 시인 〈초연〉 전문

'초연'은 시인이 알 수 없는 그리움의 대상인 불특정 독자와 연애하며 만들어낸 밀어일 수 있고 그 대상을 터치하며 살려낸 느낌일 수 있으니 시인은 붉은 연애를 하는 여우이며 아름다운 그림을 그려내는 화가일 수도 있다. '거친 숨소리 마른 가슴 안고 / 연줄 당기듯 달궈내는 몸 / 옷 벗은 나무 전신을 스친다'에서 시인이 끄집어 낸 화두로 볼 때 숨겨진 자연을 대상화시킨 내밀함을 은근히 드러내어 독자들과 함께 호흡하는 순간 그 욕망은 활짝 개방된 상태라고 할 수 있다.

'눈짓하며 떨어지는 붉은 여명 / 살아도 죽은 듯 잎이 지고 / 죽은 듯 살아도 꽃은 피어'에서도 시를 독자들이 읽든 읽지 않든 그건 오로지 그들의 몫이기에 개방형이건 폐쇄적이건 마음의 열쇠를 가지고 소통하는 건 독자들이라고 할 수 있다. 시인은 이미 그 마음을 터치하며 화두를 제시하고 있다.

그 마음은 '초연한 눈물로 / 태초의 마법 같은 손 놓아 주었다'에서 이미 바람 속에 흘려보내고 있는 장면을 읽을 수 있다. 시인은 이제 '변해가는 얼굴 탓인지' 그 어떤 기대감을 가지고 온 시간을 옷 벗은 겨울 나목裸木에 비유하고 쓸쓸함을 보여주며 조용히 내려놓고 있다. 그럼에도 어느 날은 폭염의 사막을 걸어가고 어느 날은 물 잠긴 호수의 안개 자욱한 길을 걸어가며 내일의 길지 않은 시간의 언덕에서 그리움과 함께 문득 과거의 시간을 넘나들며 때로는 무겁게 때로는 가볍고 자유롭게 발걸음을 옮기며 여행을 하고 있다.

시는 대상과 화해할 수 없는 불화에서 시작한다지만 때론 화해의 대화로 시작하기도 한다. 김지연 시인이 바로 그러하며 화자와 사물과의 거리가 주는 원근감이 전혀 낯설지 않게 오래된 기시감을 가지고 대화를 시도하고 있다. 모든 작품은 현장성을 담보로 했을 때 생동감이 느껴지기도 한다. 김지연 시인의 작품은 오래된 기억을 살려내어 과거와 현재 그리고 미래의 시간을 함께 오가며 추동력을 생성해내고 있다. 조용히 내려놓은 마음의 시점은 새로 시작하는 에너지가 충만해지는 지점이기 때문이다.

그리움이
허망을 짊어진 채
바람에 실려 간다
생각이 바닥을 핥고
지워져 가는
이름 석 자

─김지연 시인 〈나그네〉 전문

'나그네'는 시간과 공간 속을 정처 없이 떠도는 방랑자를 의미한다. '그리움이/허망을 짊어진 채/바람에 실려 간다'는 것도 오래된 울음과 슬픔으로 인한 체념을 말하는 것일 수 있다. 인위적으로 만들어진 혼란 상황이 아니라면 마음 정리가 오히려 홀가분해진다.

누구에게나 늘 타자에게 비치는 자신의 모습이 지적이거나 멋있게 보이고 싶은 행동이나 마음의 저변엔 지극히 이기적인 심리가 있을 수 있다. 특히 그리움이나 애정에 대한 갈증이 심할 때는 더욱 그러하다. 인정받고 싶은 욕구가 강할수록 삶이 피곤하고 힘겨울 수도 있다.

'생각이 바닥을 핥고/지워져 가는/이름 석 자'에서도 반어법으로 내려놓으려면 더욱 집요하게 붙는 끈적끈적한 욕망의 불꽃은 더욱 불타오르는 상황을 묘사하고 있다. 삶의 모습에서 늘 타자나 자신에게 완벽하게 만족시킬 수 없음을 알고 조금은 가볍게 살아가는 것도 지혜로운 방법일 수 있다.

그 모든 욕망의 카테고리를 문학적 기법으로 제시하며 그 길에 가볍게 발을 올려놓고 있다. 반어법으로 반어법을 제시하고 자신의 내밀한 감성을 털어놓으며 정화시키고 있는 것이다. 1연과 2연 모두 바람에 실려 가는 허망과 사라져가는 이름 석 자를 제시하며 관념적이거나 추상적이지 않게 핵심 메시지를 분명히 제시해주고 있다.

내려놓음과 동시에 가지고 싶은 욕망의 양가감정을 완

전히 정리하지는 못 하고 있지만. 그 또한 독자들에게 주는 문학의 묘미라고 할 수 있다. 다소 불안정하고 완벽하지 못한 것도 인간이기에 그러한 것이다. 시인의 시선은 세상과 소통하는 창窓이라고 할 수 있기에 김지연 시인과 함께 호흡하며 공감대를 형성하다 보면 그 해답을 찾을 것으로 보인다.

떨어지는 빗물에
먼지 닦는가 싶더니
한 걸음 두 걸음
세상의 이치 탓인지
가시에 색동 옷 입었다

－김지연 시인 〈선인장〉 전문

선인장은 쌍떡잎식물로 다육질의 큰 잎이 특징이다. 다년생 식물이기에 관상용으로 많이 애용되지만 끈질긴 생명력을 의미할 때 시인들이 활용하기도 한다. 김지연 시인은 짧은 시로 선인장을 '떨어지는 빗물에/먼지 닦는가 싶더니/한 걸음 두 걸음/세상의 이치 탓인지/가시에 색동 옷 입었다'며 반전의 의미를 부여했다. 그것은 곧 시인의 마음이기도 하다.
언어를 어떻게 쓰느냐에 따라 그 언어나 전체적인 개

넘이 확 달라질 수도 있게 되는 게 문학의 묘미이기도 하다. 어떤 대상과 상황을 바라보는 서로 다른 인식의 차이를 극복할 수 있게 해주는 것도 언어이고 서로 다른 길을 바라볼 수 있게 하는 것도 언어이다. 여기서 김지연 시인은 선인장을 통해 새로 시작하는 에너지를 창발시켜 표현해내고 있다.

'떨어지는 빗물'은 그간의 시인이 겪은 고통이나 삶에 대한 불안과 허기에 해당하고 '가시에 색동옷 입었다'는 것은 시절과 세월 따라 완숙의 경지에 이른 시인의 경륜이 새로운 출발을 하겠다는 다짐이기도 하다. 시인은 이제 그간에 블라인더 안의 의식에서 벗어나 세상을 향한 발걸음을 조금씩 내디디며 자신감을 회복해가고 있음을 말해주고 있다.

시를 쓰는 행위가 타자에게 받는 기쁨보다 주는 기쁨이 더 크다는 걸 알고 독자와 함께 공감할 수 있는 작품을 쓰는 즐거움으로 미소를 짓고 있다. 시를 쓰는 개인 간의 차이가 있을 수 있겠지만 스스로 기쁨을 창조하겠다는 굳건한 의지가 '짧은 선인장' 시를 통해 드러나고 있다.

밝아오는 여명
몽환의 휴식처
무리 짓는 철새는
자연의 섭리를 아는지

상생의 눌을 정하고
햇살의 일상을 열고
찬란한 지평 위로
구름 없는 하늘이여

－김지연 시인 〈여명〉 전문

이 짧은 '여명' 시는 시인이 슬픈 물푸레나무 같은 울음 우는 그늘에서 벗어나 햇빛이 비치는 양지로 한 걸음 두 걸음 세상 밖으로 나오고 있는 힘찬 자신감을 볼 수 있는 작품이다. '여명'이라는 것은 희미하게 날이 밝아오는 빛을 의미한다. 마지막 행에서 '구름 없는 하늘이여'라고 여운을 남기며 화두를 제시한 것도 이젠 시인 자신이 '햇살의 일상을 열고' 날아가는 새처럼 맑은 창공을 향해 날개짓 하겠다는 다짐이기도 하다.

소멸하지 않는 시인이 되려면 '실어증'에 빠지지 않아야 한다는 조건이 필요하다. 김지연 시인이 끊임없이 화두를 제시하는 것도 귀와 마음을 닫지 않고 독자들과 늘 열린 마음으로 소통을 하겠다는 것이다. 소통되지 않는 언어로 시를 쓴다면 시인은 혼자만의 독백을 할 수밖에 없으며 그것조차 결국 입을 닫아버리는 '실어증'이 올 수

밖에 없다.

'상생의 눈'을 정하겠다는 것도 주거니 받거니 권커니 잣거니 하면서 시토피아의 세계에서 서로 소통하는 언어로 대화를 계속하겠다는 의미이다. 김지연 시인은 시인의 전유물인 것 같은 슬픔의 미학에서 이제 에너지를 바꾸어 웃음의 미학으로 시세계를 바꾸고자 하는 시도를 하고 있는 중이다. 이제 그 작업을 통해 새로운 서사를 만들어가며 신의 영역과 인간 영역의 경계를 구분 없이 자유롭게 넘나들며 날개를 마음껏 펼치길 기원해본다.

그것을 가능케 하는 추동력은 신의 고유 영역에서만 사용하던 언어를 인간의 영역에서도 사용해가는 것이다. 신의 언어를 대필해 온 인간의 영역에 있는 시인들에겐 이제 더 이상 신의 언어는 신성시할 수 없는 공동의 언어일 수밖에 없다.

■ 나가며

시를 쓸 때 시적 상상력의 확장을 독자들에게만 기대하지 않고 시편 하나하나에 동기부여를 잘 해주고 있어 독자들이 전체의 풍경을 넓고 깊게 바라볼 수 있게 해준다. 자신과 주변의 신산한 삶에서도 새로운 희망과 삶의 근거도 잘 버무려내고 있으니 독자들도 함께 긍정적인 기대감을 가질 수 있게 된다.

그 증거는 매 시편마다 깊은 늪으로 빠져드는 게 아닌 잔잔한 바람으로 휘파람 소리를 내며 정화시켜내고 있기 때문이다. 그녀는 그림자와 친해지려고 하는 게 아닌 자유로움의 추구에 있음을 알 수 있다. 삶의 허기와 결핍을 느낄 때 그것을 풍요롭게 채우는 것은 결국 타자가 아닌 시인 자신의 몫임을 김지연 시인은 잘 알고 있다.

오늘도 멀리 가지 못한 채 제자리만 맴도는 가방 든 여자가 무얼 망설이기만 하면 아무것도 할 수 없다. 어떤 일을 내려 한다면 머물러 있음이 없어야 하고 고민도 주저함도 없어야 한다. 바람 속에 구름이 머무름 없는 것처럼 그렇게 흘러가야만 한다. 스스로 움직이면 길은 열리고 방법을 찾으려면 먼저 움직여 나가야 한다. 그것을 김지연 시인은 누구보다 잘 알고 있다.

시인과 독자 중 어느 누가 그런 결핍을 느낄 때 둘 중 한 사람은 채워줄 수 있는 동반자가 될 수 있으며 비로소 진정한 작품이 완성될 수 있고 소통이 이루어지게 된다. 우주와 자연으로부터의 시공간 속 만남은 같은 공감대를 느끼는 소통에 있다. 김지연 시인의 작품은 결핍으로부터 시작된 바람의 여행에서 돌아온 피곤함보다 자유로운 해

방과 영혼의 정화를 통해 얻은 충만함이 있다. 결국 시간 여행을 다녀와도 늘 언제나 제자리로 돌아오기에 그 휴식을 통한 충만함은 넘칠 수밖에 없다.

예시원 시인. 소설가. 문학평론가(문학박사)

떠나자 바람 부는 언덕으로

김지연 제 3시집

초 판 인 쇄 │ 2024년 12월 20일

발 행 일 자 │ 2024년 12월 25일

지 은 이 │ 김지연

펴 낸 이 │ 김연주

펴 낸 곳 │ 도서출판 성연

등 록 │ (등록 제2021-000008호)경남 창원

홈 페 이 지 │ https://cafe.daum.net/seongyeon2021

사 무 실 │ 창원시 성산구 대원로 27번길 4(시와늪문학관 내)

디 자 인 │ 배선영

편 집 인 │ 배성근

대 표 메 일 │ baekim2003@daum.net

전 자 팩 스 │ 0504-205-5758

대 표 전 화 │ 010-4556-0573(성연출판사)

정 가 │ 15,000원

제 어 번 호 │ 979-11-986868-6-2 (03800)

◠ 본 시집은 **한국예술인복지재단 창작준비지원금** 일부를 지원받아
발간되었습니다.

이 도서의 출판예정도서목록(CIP)은 979-11-986868-6-2 (03800)
국립중앙도서관 서지정보유통지원시스템 홈페이지(http://seoji.nl.go.kr/)와 국가
자료목록시스템(http://www.nl.go.kr/kolisnet)에서 이용할 수 있습니다.